JN046539

歴史／現実

村椿四朗詩集

Muratsubaki Shirou

土曜美術社出版販売

詩集　歴史／現実＊目次

詩集　歴史／現実

*

現実と歴史

ぼくは
サーチライトの輪から
立ちあがる
黒い
車からの
色の水は
なまぬるい水は
凶器だった——　一九六八年十月二十一日

車で
通学路を通りぬけようとした
　砂利道を歩く僕
　僕の前は
　臭いドブ
そこは
高層ビルの底で
　街を歩く僕
　僕の周りは
　青い田圃
地下六十階の校舎は
「校門をくぐると出口なし」
　木橋を渡る僕
　僕の前は

通せんぼ
そう復唱するだけの児童
ひとり居て
溜池の底か
田んぼの地の底か
底のそこに
「ひき返しても入口なし」
貼り紙だけ
微笑んでいた
　一膳だけの僕は
　僕の夕餉のあとの
　いつの間の眠り
ぼくの飲んでいる
井戸水は

いつも夏になると
なまあたたかい雨は
黒い
凶器だった――　一九四五年八月六日

ぼくの戦後

夢にみて
地図を片手に
歩いた
日はあれど
草木鳥獣虫魚
いずれも
見あたらず

記号の

群れの
整然と
列する
小旅行を
くりかえす
日々は
つづき

街でもなく
山でもなく
海でもなく
記号の
連なる
風の吹かない

陽の出ない
雨の降らない
紙の砂漠のような
無表情がつづく

戦後五十年
りんどうの花が
真っ青に
彼岸花が
真っ赤に
白地図を
汚してゆき
線のような
女の姿が

記号の
群れに
立っている

一九八〇年のメッセージ

ネオン街　ドアをあけると
………マ・リ・コ

無知でわがままで
歳のぶんしったかぶりで
すましている母親が
海があふれたように
うようよいる

母は
母親は
高等小学校をでただけでも
悪口をいわれない
大地のようにいわれてきた

英語のわかるほど
母親は
勉強をのみこんで
育児書とくびっぴきでいて
金属バットでころされた

足がわりの自動車に
テレビドラマをだしにして

特製ケーキをやく世間通の
母親が
まっさきにころされた

女のつじつまあわせも
餓鬼をさずかるのは
かわりようはないから
ちょっと顔みせでいる
僕にはめいわくなことだ

ドアをしめ
しどろもどろ　上の空

都市のなかの女

Ⅰ

ひょろ長い指の女が
むかいあっていると
薄紅のくちもとから
ぽつりと　話す

Ⅱ

あるくうしろ姿が
ピアノ線のように

モデル歩行をする
都会っ子の顔

Ⅲ

雨ふる夜の
アスファルト路を
足みて歩く
ネオンの光にそって

Ⅳ

おりふしに瞳をあげて
見まもる背中
自分の歩行のスピードで
ひとの波にきえてゆく

Ⅴ

ひとり歩く
アスファルト路を
早春の風が
かなしみを運んでゆく

Ⅵ

車窓から
かぎりなくかぎりなく続く
ひかりあふれる
静寂をみる　家々の

ユトリロ画の女

1

回廊を
葛折りの回廊を
ぜんまい仕掛けの
人形のように
正確に
歩行する

物質のような

足音を
聞きながら
消えてしまった
後ろ姿を
影を追うように
小走ってみる

2

薄暮には
一杯の
缶ビールが
よく似合う
微かな

酔いが
薄暮には
よく似合う

をんなの
微かな
酔いのなかで
影を
見つけたように
おもった

結句
春は
来たらず

トウネラ河畔の歌人

まんじゅしゃげ　まんじゅしゃげ
真赤に野に咲く
まんじゅしゃげ
ひとり野に咲く　天の華
まんじゅしゃげ

まんじゅしゃげ　まんじゅしゃげ
寺院の庭に　お墓の蔭に一つ咲いた
まんじゅしゃげ

まんじゅしゃげ　まんじゅしゃげ
深く溜息するたびに　秋の季節吐息する
まんじゅしゃげ

まんじゅしゃげ　まんじゅしゃげ
おお空照らし赤く咲く　黄昏雲と見まちがう
まんじゅしゃげ

まんじゅしゃげ　まんじゅしゃげ
爪先立ち背を伸ばし　舌をだす
まんじゅしゃげ

まんじゅしゃげ　まんじゅしゃげ

天上架ける　虹の橋
まんじゅしゃげ

まんじゅしゃげ　まんじゅしゃげ
夜空に葉のない　火の柱
まんじゅしゃげ

まんじゅしゃげ　まんじゅしゃげ
裂けた性器の闇夜から　火の粉ちり降る
まんじゅしゃげ

まんじゅしゃげ　まんじゅしゃげ
女の欲情　化粧姿の
まんじゅしゃげ

まんじゅしゃげ　まんじゅしゃげ
女の絶叫　野に刺さる
まんじゅしゃげ

まんじゅしゃげ　まんじゅしゃげ
灼熱地獄の原爆雲揺れる陽炎
まんじゅしゃげ

まんじゅしゃげ　まんじゅしゃげ
暗夜にひと捌け　赤く咲くのは地獄の告知
まんじゅしゃげ

まんじゅしゃげ　まんじゅしゃげ

血色の傷口臓腑のかたち　逆さま落下の不幸花
まんじゅしゃげ

まんじゅしゃげ　まんじゅしゃげ
黄泉の記憶を呼び起こし　無数の命あぶり出す
まんじゅしゃげ

別れの情景

「さよなら」と、
電話口に
女の声

「死んでやる」と、
スクリーンのうえに
刃物のひかり

無言のかげが

ライトに
浮遊

「これっきり……」と、
テレビの画面は
離婚の演技

『別れの曲』の
ショパンは秋の
曇り空

女のながす
涙はそらに舞う
白鳥

ホイッスルがする
手があがり競技場は
二つの情景

「かえせ」と、
叫ぶ悲鳴は
『葬送の歌』

フィナーレは
涙とひきかえの
未来

グッド・バイの

死期の一行のこして
水のなか

明るい自閉　Z／A

ディスプレーの記号が
ZからAに
そら飛ぶ鳥のように変わる
あっと、言うまもなかった

二一世紀の計画が
口から口に
高炉のマグマのように灼熱する
砂漠ほどの効用もなかった

机に積みあげた本が
夜から明け方まで
少女の瞳のように輝きつづけた
そんな日は　もうなかった

女のつややかな声が
耳もとでやさしく
草原のくさをいたわるように囁く
野次馬の罵声とおなじ苦痛だった

誘いかける女の体が
ベッドのなかでも
羅漢の顔のようにどうでもよかった

アイスコーヒーの氷ぐらいの興味だった

月刊誌をパラパラめくり続け
ＣＤのナンバーボタンをつぎつぎ押し
穴のような黒い部屋に居続け
外からの電話も出たくなかった

カラーで楽しげな顔が
大判の婦人週刊誌のなかから
笑いかけるように視線を投げかけてきた
マッチ一本の役もたたないむだ遣い

ディスプレーの記号が
ＡからＺに

流れ星のようなスピード感覚で
情報を送りだしている

電子手帳のディスプレーが
朝の6時から夜の0時まで
大河の流れのような一日の生活を表示していた
不思議なほど筋肉がつっぱってきた

七〇年代されど我らが日々

七〇年代の日々

最近は
眠り病に罹っている
講義のときは起きている
電車のひと揺れで眠っている
セックスのときは起きている
そのセックスも

街でするセックスで
家では眠り病に罹ってる
生きて思うことの苦しみ

されどわれらが日々

若いというコトバは
苦しいという文字に似ていた
自由というコトバは
若いというまほろの宇宙だった
明日というコトバは
不安を形どる想念の星座だった
二一世紀　いまここで

自分たちが何者だったのかを問う時
立ちどまると
あの日々を思いだす
振りむかぬ背中がどこまでも遠ざかる

されど……我らが日々

*

丘のうえ

首都近郊のコリョサラム*
国を棄てたコリョサラム
コリョサラムの山あいがある
時空を超えたコリョサラム
東アジアのコリョサラム

娘は
家を棄てた
風になってひとりになりたい

深い理由から希望をもつ
故郷をもたない自由だから

息子は
命を棄てた
生きてゆけない理由から
山ほどの絶望を背負い
故郷を棄てない自由だから

母親は思うもの
離散した子どもたちを
悲しい悲しい枠組みだから
はるか宇宙の声を聞く
父親は棄民だから

想像の共同体よ
生きつづけねばならないのか
子どもは、母親は、父親はどこで
国民国家を近代を開いた発案者よ
生きねばならない、人びとは

秩父奥武蔵の山の端
I市コウソウ寺の墓誌は
豊山洪氏、始祖高麗國學直學公
茶に焼けた風塵山並みに
八百年ちかく立っていた

二〇世紀の記憶を

もう忘れてもよいか、ぼくは
親族幻想、共同幻想、国家幻想を
二〇世紀を創造した独裁者よ
重石はもういらない

＊　コリョサラム（高麗人）。

峠

ジハードを戦ったムハマド
乾燥した峠　乗合バスは走り
聖なる兄のあと　山をこえ
クルドの故郷は掟の村
冬道こえてゆく映画のムハマド
フセイン消され　いま
いま君はどうしているのか

黄土の女は　いま

ソウルへの道　貧困は背をおし山こえ
娘たちは夏の思い出に
薬指と小指　無邪気な子どもは
鳳仙花であかく爪そめ
売られていった娘たち
キムジハ　峠をこえた女を
いま君はどうおもっているのか

八月の信州は暑く落葉松に
鶯なき甲州へ峠ごえ
あえぎあえぎ登りつづけ
シンよキムよイよ　きみたちは品川駅発
祖国送還　雨降る日　強制送還された
日本の詩人は音信不通の

わずか半世紀すぎると
記憶のなかの話だったのか

いま　引出しのなかの記憶は
くつがえされた記憶は
宝石箱にふたをする　鍵をかける
だれにもできやしない
くつがえされた記憶を

*

戦争をする国

一九四五年、「戦争が終って
　ぼくは生まれた」
平和教育をいきてきた
新憲法があって

＊

狙撃手は
スコープのさきの高粱畑の陰に

敵兵をこらし指をかける
つめたい引金をひいた
軍人のかれは手をかけた
中国江西省　曠野の戦線
と、己が被弾
肉体にはその
黒い虫がいる
野戦のなかに兵士の
反復する声を　会社員は
血のような絶叫を
毎夜きく戦後。

徴兵され
北方情報要員となり

旧の敵国刑法により
軍人のかれは俘虜
流刑地アルマ・アタ送り
二十五年の刑期　強制労働罰処分
命は枕木一本
マイナス四十度のツンドラ
葬列の塔がならび
命ぎりぎりのその八年
舞鶴港に帰還する
と、「シベリア帰り」の戦後。

アンガラ川支流の河畔が安息地だった

＊

二〇一五年、「戦争を知らずに
　僕らは育った」
戦争法案が成立した
加害する覚悟もないのに

＊　二〇一五年九月十九日「安全保障関連法」の成立を知り。

少女の焼死

少年は夢精を知らず
少女は初潮を驚怖した

羽田庄兵衛は考える程わからない
喜助の弟殺し、その
額は晴れやかで　護送中
いかにも楽しそうに　高瀬舟に揺られ

東京地裁公判の求刑

「極めて短易で短絡的な犯行だ」と
朝日の見出し「高3嘱託殺人／不定期刑求刑」
切り抜き記事が　足元に落ちた

『ぼくの短歌ノート』その頁、掲載歌は
　脱がしかた不明な服を着るなって
　　よく言われるよ　私はパズル
少年は　初めての性交だった

喉笛に刺さった刃を
「早く抜いてくれ、頼む」と
喜助は迷った
弟の苦しむ末期を見ていると

夜　少年は妊娠を告げられ
「お願い、死なせて」と
女子高生から
交際相手は　同級生の十七歳

お奉行の判断を受けいれるだけ
喜助の気配は　それでも
腑に落ちぬ気持ちを　庄兵衛には
心のなかで消去できない　世の罪を

朝　家族不在のマンションへ
蒲団に火をつけた
嘱託殺人と放火の罪を
裁判員裁判で裁かれた

奉行、でなく裁判長の判決
「他の手段を選ぶことは可能」と
家族の姿　どこにある
国家共同体の掟、法措定暴力

ひとは人を殺してはならない

＊　高校生嘱託殺人等、地裁求刑を聞いたあとで。
＊　喜助の訳合いは森鷗外の「高瀬舟」より。
＊　引用の短歌は古賀たかえ作。穂村弘の著作より。

虚構家族

夜
高速昇降機が落下するように
遠慮なしにやってくる、夜は
彼者誰時の
金煙　白光爛々に輝き
甃屋根は赫焉と燃え
インジゴー色の蒼然。
黄色。
朱色。

樺色。
薄暮の空には。
ここは鎌倉円応寺
閻魔十王堂は
亡者たちが六道の入り口

晨鶏
セットした時刻に起床し
街灯たよりに払暁の四時。
五歳の手習い
「おねがい
　よいこになるから」
義父、継母は
閨房の毎夜の睦言

「おとうさん　おかあさん
　ゆるして」
嬰児はビー玉遊び　ベランダの
三歳ひとりぽっちのビー玉転がし
身体は朽ちはてても
義父、継母。
わたしの命は、ね
人間界黄泉の国へのお引っ越し

朝
（覆された宝石）のような光
地中を駆けぬけやってくる朝
四十億光年の朝にかがやく光
赤い花の室内に光あふれる朝

神々の誕生する朝の明けき光

＊ 是枝裕和監督「万引き家族」を観た後に。

囚獄の窓辺（狼煙を見よ）

天の小窓　一人おりいちにん在り
　棺一基四顧茫々と霞みけり（二〇〇七年）

　春くれば夏とおからず
箱ほどの空あかね色
鳥曇花冷えの畳表
一碧空の月影
初蛍星烈に五月闇
白雨来て叢原もえる

旱星赤く点滅
　夏されば秋
驟雨のあと黒南風
銀漢に遠花火
入相の影闇となる
風光る音ばかり
秋野のはて芋嵐
　秋すぎて冬
秋天の満月
照紅葉に秋蟬なく
天心にかわたれ星
昏黒の無月に弔鐘

九月尽暗夜に星影ひとつ

冬きたりなば春とおからじ

凩に四温の光一筋

冬ざれ枯れ野に凍蝶

寒窓遠嶺に雁渡る

陽とどけ寒の獄舎

囚獄　一人ありいちにん存在し

闘癌の浅き眠りの長き夜（二〇一〇年）

＊『棺一基　大道寺将司全句集』を通読して。

一九七五年五月十九日、午前八時二十分、爆発物取締罰則違反容疑者大道寺将司確保。（一九八六年『文芸』冬季号、松下竜一「狼煙を見よ」）。

二〇一七年五月二十四日、死去。

＊　俳句引用、太田出版『棺一基　大道寺将司全句集』（二〇一二年）〈寒暖差を知る四季〉。鳥曇〔とりぐもり、越冬した渡り鳥が去るころの曇り空〕、白雨〔はくう、夕立〕、旱星〔ひでりぼし、蠍座のアンタレス〕、黒南風〔くろはえ、梅雨時の湿った南風〕、銀漢〔天の川〕、入相〔いりあい、夕暮れ〕、芋嵐〔里芋の葉を裏返す強い秋風〕、かわたれ星〔明けの明星〕、昏黒〔こんこく、日没〕、九月尽〔くがつじん、旧暦九月、秋の終わる日〕、四温〔冬の三寒四温の頃〕、凍蝶〔いてちょう、寒さで動けない冬の蝶〕。

死刑執行人

そのおじさんを私鉄沿線清瀬駅前
の　よど号ハイジャック事件首謀者を
駐輪場で見ていた　東京拘置所死刑囚舎房のなかで
知った　元赤軍派議長だったあの人を

連合赤軍派となのる革命軍が　かつて
この国に存在。同志十二人を総括死する
「リンチ事件を解明せりと
糠喜びせしこと過去に

幾度ありけむ」。……黒々と
圏外でつうじぬ記憶の向こう

この国に革命戦士がいた　かつて
東アジア反日武装戦線　狼が
三菱重工ビルから連続企業爆破を決行
「胸底は海のとどろやあらえみし
　水底照らす夏の月」。……黒々と
心の闇はふかくとどかぬ向こう

「上申書」をとどけてみよう
神々に。それとも暗黒水底の向こうへ
生命を「実存」と表記する「ぼく」
の　身体を所有するぼくの

オウム信徒　だった記憶の闇のかなたへ

地下鉄のドアのかたわら　唇を
しきりとうごかしあう　少女よ
聞こえないけど　高校生の
ときに浮かぶ横顔たちの　うららかな
無音ばかりが　おそいかかってくる

いま実行する。サリンガス散布を
傘のさきで割こうとしている
このあとおきることとを
なにもかんがえず、袋を刺している
清色の、液体が床を　ながれてゆく

テロ完遂、一九九五年三月二十日朝。丸の内線車内
二〇一八年七月六日、法維持暴力、死刑執行。日本国拘置所
闇黒の境界。法の番人最高裁裁判所、法措定暴力、十三階段

＊『悔悟　オウム真理教元信徒　広瀬健一の手記』を読んだ後に。
＊塩見孝也元赤軍派議長、二〇一七年十一月十四日死去。

冤罪事件簿

ふたりの幼女誘拐殺人事件
一件は冤罪事件
二件目は捜査進行中
十六年　すぎた時間
が　その間あった
犯罪者は同一人物
退職刑事の四国
悔恨遍路旅
は「慈雨」物語

推理小説作家が構想する
事件簿は
初発事件は
真犯人　情報隠しは
組織捜査は
上意下達　国家の刑罰権は
ひとり刑事の思惑は
個別案件の正義は
無効に進行

一九六三年　埼玉狭山
女子高生誘拐
殺人遺棄事件は

組織捜査は
証拠物件は
二度の家宅捜査
で　発見されない
女物パイロット万年筆は
三度目に出現する

裁判所は
不都合な事実は
もう一つの事実で
隠す　祈禱師一家四人殺傷
死刑囚再審　免田事件審判
の　アリバイ成立
で三十四年後　拘置停止

国家の公益は
人権に蓋をする
虚構世界の「慈雨」なら

＊ 柚月裕子著『慈雨』の読後に。

失われた時間

ひと筋の光が囚獄に差し
目の前の記憶は回転する
冬は音もなくやって来て

小春日の陽よ楓紅葉よ
凜とした空間に落ち葉焚く匂いを放ち
秋の季節あれば冬に草木の枯れてゆき
何ものの生まずただ在りし日を思う

野菊の花を見に行かん
にわとり小屋と呼ばれる運動場へ
少年の在りし日ふと思いだし

扉開け冷気こもれる小部屋は
紙を滑る鉛筆の音に罪科がつのる
暁の空を見上げ真紅の空に心は冷め
主義敗れる日目覚める明日

格子のあわいの赤い月
宵の闇の箱ほどの空間に
暗夜の奥の震える心体

壁のほこりをはらい春を迎え

真空の暁に初老の顔貌を驚き
頭たれ歩きつつ朝日を全身にうけ
通路を歩めば水仙の香り嗅ぐ

極左の武闘で身体を繋がれ
冬立ち朝日映えゆくての花々は
面会の往き来に見れば雫星のかがやき

朝まだ寒い人屋の枕辺の
宿房に起床の時は響き
慄然と立ちつくす日々に
罪の債務はいつまでもたえず続く

葉のない木立の影が浮かび

人屋の小窓の夜空の星雲は忍びより
野火を焚く緋の格子が目に映る

＊　坂口弘著『歌集　常しへの道』を通読して。

もうひとつの人生

私だったかもしれない永田洋子　鬱血のこころは夜半に遂に溢れぬ
（道浦母都子）

港の見える丘　その
墓標をまえに
初老をはるかこえた男女の
黙禱する姿があった

車窓から見る

剣山をならべたような
その山容は
どこまでもどこまでも続く
君は後ろ姿を
残し山岳アジトへ
妙義山に入ったまま
帰ってこなかった

まだ二十歳をすぎた
ばかりの夜学生だった　ね
親友はパレスチナの砂漠
のなかで君の死を
なぜ山を下りなかった　の
恋人を兵士に捧げ

たくなかった男は街の
人混みへ失踪したのに

一九七二年一月七日　その
翌日の朝から
君を　君の姿を
見ることはなかった
あれから半世紀がすぎる
沖縄返還から
あさま山荘銃撃戦から
リッダ闘争から

墓標の前　黙禱はまだつづく

＊　江刺昭子著『私だったかもしれない（ある赤軍派女性兵士の25年）』、
遠山美枝子評伝を読んだそのあとで。

あとがき

今回の詩集『歴史／現実』は、二〇二二年に「詩と思想」創刊五〇周年をむかえたのを機会に出版しました。「詩と思想」編集委員会からの誘いがあり、特別企画の新詩集シリーズの一冊として出すことになりました。

特別企画の五〇周年というと、ぼくが現代詩を、とくに戦後詩を意識して書いてきた時期とほぼかさなります。だから出版する理由はといえば、そういうことになります。収録した詩は、雑誌に発表したまま既刊の詩集に収録しなかった作品が中心になっています。また、書いたまま発表しなかった詩もあります。今回のシリーズ企画が後押しした、その結果といえます。

二〇二〇年に、ぼくは『詩人の現在―モダンの横断』と題した評論集を、おなじ土曜美術社出版販売から出しました。ひろくは現代詩といっても、戦後詩とくくられている詩人をおもな対象にまとめたものです。詩集を校正しながら、ぼくが戦後詩の影響のもとにあったことをつよく感じとりました。そして、今現在の詩に不満のあることを意識しました。その辺りのことは、次の評論集で近々まとめようと思っています。

最後に社主の高木祐子氏をはじめ編集委員諸氏に、この度の機会をいただき感謝しております。

二〇二二年十一月

村椿四朗

著者略歴

村椿四朗（むらつばき・しろう）／［沢 豊彦（さわ・とよひこ）］

1946年　東京に生まれる　詩人・文芸評論家

詩集『60年代のこどもたち』（新風舎）1991年
『勿忘草を寄す』（沖積舎）1996年
『詩雑誌群像』（土曜美術社出版販売）2018年
『埋み火抄』（土曜美術社出版販売）2019年

評論『田山花袋の詩と評論』（沖積舎）1992年
『現代詩人―政治・女性・脱構築・ディスクール』（翰林書房）1993年
『ことばの詩学―定型詩というポエムの幻想』（土曜美術社出版販売）2001年
『田山花袋と大正モダン』（菁柿堂）2005年
『詩＆思想』（菁柿堂）2007年
『近松秋江と「昭和」』（冬至書房）2015年
えぽ叢書5『随感録Ⅰ―詩論集』同6『随感録Ⅱ―詩論集』（明文書房）2016年
アウトテイク集『「文学」という自己表象 1843-2017』（明文書房）2017年
『詩人の現在―モダンの横断』（土曜美術社出版販売）2020年
他

編著『日本名詩集成』（學燈社）1996年
『時代別日本文学史事典』（東京堂出版）1997年
『現代詩大事典』（三省堂）2008年
他

「詩と思想」創刊50周年特別企画

詩集 歴史／現実

発行 二〇二三年三月一日

著者 村椿四朗
装丁 直井和夫
発行者 高木祐子
発行所 土曜美術社出版販売
〒162-0813 東京都新宿区東五軒町三―一〇
電話 〇三―五二二九―〇七三〇
FAX 〇三―五二二九―〇七三二
振替 〇〇一六〇―九―七五六九〇九
印刷・製本 モリモト印刷
ISBN978-4-8120-2742-4 C0092